QUESTION DU JOUR

PARIS. — TYPOGRAPHIE DE Mme Ve DONDEY-DUPRÉ,
rue Saint-Louis, 46.

QUESTION

DU JOUR

PAR

Le Marquis DE LA ROCHEJAQUELEIN

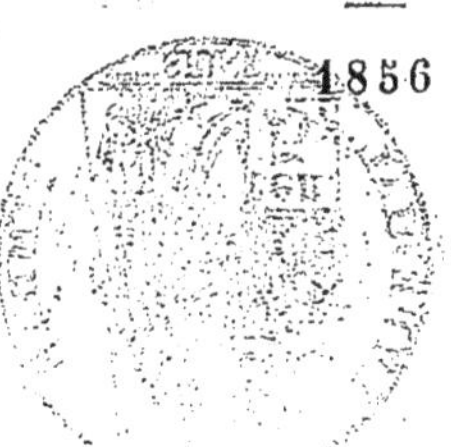

PARIS

E. DENTU, LIBRAIRE, PALAIS-ROYAL

GALERIE VITRÉE, 13.

—

1856

QUESTION

DU JOUR

PARIS

E. DENTU, LIBRAIRE-ÉDITEUR, PALAIS-ROYAL

QUESTION

DU JOUR

§ I.

Des conditions honorables pour toutes les parties belligérantes sont acceptées comme préliminaires de paix.

La parole de l'empereur de Russie tiendra, et des défiances ne devraient pas se manifester de notre part, ne fût-ce que par respect pour la dignité de notre situation. Ce n'est pas s'élever, quand on est fort, que de douter d'une parole donnée par un souverain dont la puissance n'est pas contestée, malgré les échecs que lui a fait subir la fortune des armes.

Nous avons assez de confiance dans la haute sagesse de l'Empereur Napoléon, assez de respect pour nos ennemis d'hier, pour croire fermement à la paix définitive, qui commence pour l'Europe une ère nouvelle de progrès, de civilisation et de bonheur.

Mais déjà s'élèvent de sourdes rumeurs, qui feraient croire à des tentatives sérieuses pour nous faire continuer une lutte dont l'action et les résultats font le plus grand honneur à la France.

Examinons la situation.

Il n'est pas un Français qui ne s'enorgueillisse du succès de nos armes, qui ne reconnaisse que la France a noblement rempli sa mission. Toutes les opinions sont d'accord sur ce point; on ne peut différer que sur les avantages à obtenir d'une guerre si brillamment commencée, et sur l'étendue que la France doit donner à la question du jour; quel intérêt aurions-nous à rendre la paix difficile?

Les uns se prononcent pour la paix, les autres pour la guerre à outrance.

Les premiers pensent que le développement de la civilisation universelle dépend du maintien de l'équilibre européen, tel qu'il existe depuis le commencement de la génération actuelle; non pas qu'ils croient à la perfection des traités établis; mais, le but rationnel, avouable, que l'on pourrait se proposer serait, à coup sûr, tellement dépassé par le défrénement des passions de notre époque, qu'ils regardent, avec quelque apparence de bon sens, comme très - dangereux de remuer à la fois tous les intérêts européens.

Les seconds, au contraire, ne redoutent aucune des conséquences d'un branle-bas général; et ceux-ci dans un but, ceux-là dans d'autres buts différents entre eux, jugent de leur intérêt ou de l'intérêt de la

France de prolonger une lutte dont la conclusion serait assurément si embrouillée pour tout le monde, que les plus habiles ne pourraient en aucune façon la prévoir.

La question doit être posée dans des termes nets, précis, qui ne laissent aucun doute sur les résultats que l'on veut atteindre. C'est, du reste, ce que le gouvernement a fait quand il a déclaré la guerre.

La guerre a été commencée pour assurer l'indépendance morale et territoriale de la Turquie, afin d'affermir l'équilibre européen.

Ce but paraît atteint, il est facile de faire la paix sur les bases qui assurent les avantages que l'on s'est proposé d'obtenir.

Voudrait-on continuer la guerre pour anéantir la Russie comme puissance de premier ordre? Devrait-on, comme le disent certains journaux français et anglais, aller frapper au cœur la Russie à Pétersbourg, à Moscou, lui enlever la Finlande, la Crimée, la Bessarabie, ses possessions asiatiques?

Oh! alors, nous ne devrions pas nous leurrer de négociations pacifiques qui jettent une énorme perturbation dans toutes les affaires, et produisent dans les esprits de ces brusques oscillations qui habituent tout un peuple à vivre dans l'incertitude de ses plus grands intérêts.

Si les opinions exagérées l'emportaient, préparons-nous à une lutte opiniâtre, très-longue et très-coûteuse, mais non pas seulement sur la mer Noire et sur la Baltique; ne perdons pas notre temps, marchons sur le Rhin, puisque l'Allemagne veut rester neutre; la nouvelle école trouvant que plus on a d'ennemis déclarés, plus on est fort.

Occupons-nous d'avance de tracer une nouvelle carte du remaniement de l'Europe.

La grande guerre va commencer, elle a ses chances, il faut les accepter toutes. Les vrais patriotes, ce sont eux qui s'appellent ainsi, sont pour les partis extrêmes; ils le publient assez haut pour n'en pouvoir pas

douter. Il en est qui risqueraient la France
pour d'autres nationalités.

§ II

En vérité, on se demande avec effroi
comment il est possible de porter la folie
jusqu'à vouloir se lancer dans de si grandes
aventures, sans y être contraint par ces circonstances suprêmes qui ordonnent à un pays
de tout entreprendre pour sauvegarder son
honneur attaqué ou son existence menacée.

Est-ce là notre situation? Assurément il serait insensé de le soutenir, et cependant, par
avance, les gros mots ne sont pas épargnés
par les matamores dont les cris de guerre,
heureusement, ne déterminent point l'action
des gouvernements.

Nous croyons aussi bons patriotes ceux
qui ne pensent pas utile à la France de se
lancer, sans motifs extrêmes, dans ces folies,
que des mobiles secrets politiques ou au-

tres, personnels ou non , font préconiser
avec tant de bruit et d'insistance.

Evidemment, il n'y a pas de comparaison
à établir, et nous ne voudrions pas accepter
comme plausible la vaine menace d'un 1812.
Toutefois, si nous commencions une de ces
grandes guerres dont la fin ne peut se prévoir, serait-il bien extraordinaire que, pour
leur défense, les partisans d'une paix honorable se demandassent quels furent les hommes d'État les plus clairvoyants, de ceux qui
poussèrent à la fatale expédition de Russie,
ou de ceux qui firent tous leurs efforts pour
l'empêcher?

Serait-il même de mauvaise discussion
de rappeler que les amis maladroits et les
ennemis des gouvernements tiennent trop
souvent le même langage?

Personne n'a oublié combien a été exploi-
tée contre le gouvernement de Louis-Phi-
lippe la fameuse phrase : *La France est assez
riche pour payer sa gloire*; et pourtant il ne
s'agissait que de cette petite expédition

contre le Maroc , qui ne nous avait coûté qu'une centaine d'hommes et quelques millions. Si l'on continuait cette guerre dont les sacrifices sont comparativement si considérables, il nous faudrait de larges compensations, car après de pareils efforts on ne pourrait pas dire impunément : *La France est assez riche pour payer sa gloire.*

Il faudrait donc compter sur des compensations de territoire ; mais alors, où pourrions-nous les prendre ?

Voilà le mot d'une guerre sans fin, qui commencerait avec peu d'alliés et finirait avec beaucoup d'ennemis.

L'intérêt qui s'attachait à la guerre d'Orient était assez puissant pour que de grands sacrifices fussent faits par la France avec l'intelligence et la générosité qui lui sont habituelles, elle n'a pas hésité à les faire, elle les continuerait au besoin ; mais, lorsque l'on est arrivé aux résultats que nous avons obtenus, lorsque la Turquie ne court plus évidemment aucun danger, lorsque la Russie concède largement la liberté du Danube, la neutralisation de la mer Noire, l'abandon du protectorat des principautés, l'abandon du protectorat exclusif et offensant des chrétiens de l'empire turc, est-il bien dans l'intérêt de la France de sacrifier ses soldats et ses trésors, de grever la propriété foncière, *seule responsable* des intérêts de la dette, qui bientôt pourraient se compter par centaines de nouveaux millions, dans le seul but d'humilier la Russie ?

Non, le gouvernement de l'Empereur n'a pas de semblables pensées, et sa sagesse répondra aux excès d'emportements qu'il ne faut pas craindre de combattre.

Le but de la guerre est atteint, toutes les déclarations officielles en font foi.

§ III

Il est vrai que la guerre était inévitable. — En raison même de sa haute position qui

lui fait un devoir de protéger le faible contre
le fort, la France, fatiguée des prétentions
incessantes de la Russie, justement alarmée
de ses projets, devait montrer au monde et
à la France elle-même que l'on ne pouvait
pas impunément s'exposer à la colère d'une
nation habituée à porter si haut l'honneur
de ses armés.

La France pouvait, devait peut-être, ne
pas accepter facilement des propositions de
paix avant d'avoir pris Sébastopol, avant
d'avoir montré ce qu'elle pouvait et ce
qu'elle était décidée à faire, pour garantir
l'inviolabilité des puissances secondaires et
pour assurer la paix du monde.

Les prétentions de la Russie datent de
loin, l'erreur trop religieusement respectée
des opinions du passé devait assombrir la fin
du règne de l'empereur Nicolas.

L'empereur Alexandre renonçant à ses
prétentions exclusives sur les sujets chrétiens
du sultan et à tout agrandissement sur le sol
européen, il ne reste plus qu'à formuler un

traité de garanties. C'est la Russie qui a troublé la paix de l'Europe, qu'elle subisse les conséquences de son erreur.

Mais nous n'exigerons pas des concessions si onéreuses qu'elles ne puissent être acceptées même par le prince qui serait le plus convaincu de l'injustice de sa cause et de la nécessité impérieuse du retour de la paix.

La France est assez grande pour se montrer juste et généreuse, elle est assez glorieuse pour respecter la dignité de ses ennemis, et enfin elle ne peut pas oublier qu'en 1815, les plus grands intérêts français, ceux qui touchaient au cœur même de sa nationalité, étaient gravement compromis et menacés par des nations qui voulaient abuser de nos désastres, et que ces grands intérêts furent, en partie, sauvegardés par l'empereur de Russie Alexandre Ier.

Né au milieu d'une phase progressive, l'empereur Alexandre II doit comprendre la politique de son temps. Il sait que les principaux éléments de la grandeur future de son empire restent en Asie. Nul ne peut en douter. La situation géographique de la Russie, ses immenses ressources intérieures, la mettent à la tête des puissances civilisatrices, en ce sens que c'est à elle que Dieu semble avoir confié la mission d'appeler à la civilisation européenne les trois ou quatre cent millions d'habitants asiatiques qui, de la Chine à la Perse, peuplent les pays les plus magnifiques et les plus riches du globe.

Cette mission est assez belle pour flatter l'amour-propre d'un grand peuple. Elle est à la hauteur d'une grande et noble ambition; elle remplacerait dignement la vieille politique que Pierre le Grand et l'impératrice Catherine ont léguée fatalement à leurs successeurs.

Partant de cette idée, qui a bien son côté grandiose, nous ne supposons pas cependant que l'empereur Alexandre consentît à des conditions que son père n'eût jamais acceptées. Quelles que soient ses convictions et

ses vues pour le présent et pour l'avenir,
il ne peut oublier qu'il est le monarque puissant d'une très-puissante nation, — il ne lui
appartient pas d'abaisser sa propre dignité,
non plus que celle de ses peuples, en sous-
crivant à des conditions qui ne pourraient
être longtemps observées si elles devaient
ternir l'honneur de son règne.

Il est évident que la Russie ne pourrait
accepter de nouvelles conditions qui lui pa-
raîtraient dictées par l'ambition de l'humilier
au point de la faire descendre au rang de puissance de second ordre; elle n'a pas assez souf-
fert pour se soumettre à ces grands sacrifices
d'amour-propre auxquels son intérêt pourrait, peut-être plus tard, lui faire consentir.

Les efforts pour réduire la Russie à cette
extrémité nous coûteraient plus que ses
propres efforts pour se défendre; cette lutte
déterminerait peut-être des complications
inattendues. En définitive, qu'y pourrions-
nous gagner?

En admettant, nous le faisons volontiers,

2

que la Russie fût vaincue dans toutes ses ren-
contres avec nos armes, où seraient les
avantages qui vaudraient de nouveaux
efforts de notre part ? Il est difficile de les
signaler, à moins de rentrer dans la
thèse du remaniement de la carte de
l'Europe.

La Russie combattrait donc jusqu'à la der-
nière extrémité si la guerre, après avoir ef-
ficacement protégé la Turquie et sauvegardé
l'équilibre européen, n'avait plus d'autre
but évident que de l'humilier et d'établir
dans les mers du nord et en Asie une influence unique et suprême qui détruisît l'influence naturelle qu'elle a acquise avec tant
de patience et de sacrifices.

Mais la Russie peut faire beaucoup de concessions sans nullement compromettre son
légitime orgueil, si ce qu'on lui demande
doit réellement contribuer à raffermir l'équilibre européen et l'ordre établi.

Nous croyons qu'en simplifiant la question, c'est-à-dire en la ramenant à ce qu'elle

était dans le principe, il est facile d'arriver aujourd'hui à une solution pacifique, telle que l'exige l'intérêt général des sociétés européennes.

Maintenant que la Russie obéit à un nouveau souverain, maintenant que la mer Noire et la Baltique sont à la merci des puissances occidentales, il nous semble que ce serait faire preuve de grandeur, de générosité, de justice et de prévoyance, de reprendre la question à son point de départ, et de la discuter comme il convient à de grandes nations courtoises qui n'apportent, dans des intérêts aussi grands, aucune considération de second ordre.

La forme est pour beaucoup dans les relations des gouvernements entre eux, en paix comme en guerre. Telles déclarations, faites dans des formes différentes, peuvent produire les résultats les plus opposés, bien que le fond paraisse le même. La France, avec sa parole chevaleresque et modératrice, sera facilement comprise; elle pourra rendre honorable de répondre à son appel, et le nouvel empereur de Russie y répondra probablement, de manière à ce que la France y gagne un de ses plus fidèles alliés.

Devant les témoignages de la haute équité de la France, nous ne supposons pas que l'empereur Alexandre refuse tout ce que la dignité de sa couronne lui permet d'accorder.

§ IV

Les relations intimes que les alliés viennent d'avoir avec la Turquie amèneront dans un temps prochain, demain peut-être, l'émancipation complète des sujets chrétiens du sultan. Cette question est devenue une question de civilisation obligatoire pour les puissances chrétiennes; il est de bonne politique qu'elles soient d'accord sur la manière d'as-

surer d'une façon positive et durable l'a-
venir des chrétiens de la Turquie.

Si la paix se rétablit, si la Russie donne
loyalement des garanties contre toute nouvelle aggression tendant à l'aggrandissement
de son territoire en Europe, elle sera par la
force des choses appelée à exercer collecti-
vement avec la France, l'Angleterre et l'Allemagne, l'influence que permet le droit des
gens pour obtenir de la Porte les concessions nécessaires au développement de la
civilisation.

Il nous semble que le parti de la guerre,
en France, n'a pas assez réfléchi aux conséquences que la guerre doit nécessairement
entraîner. Nous croyons qu'il a perdu de
vue le grand principe que les alliés ont mis en
avant en 1854. Il ne se préoccupe pas assez
de la question de l'*Empire ottoman*.

La France et l'Angleterre sont entrées
dans la lutte pour maintenir l'équilibre européen et pour développer la civilisation;
mais qui dit civilisation dit christianisme, et

dès lors la question de civilisation n'est que commencée, elle se développe de jour en jour sous la protection des puissances chrétiennes qui, d'accord contre la Russie, n'entendent peut-être pas la solution de cette guerre de la même manière.

Si, aux yeux de certains cabinets, par le mérite de notre puissante intervention, le sceptre musulman doit se rajeunir et reprendre une nouvelle vie qui assure de longues années au règne des sultans sur la Turquie d'Europe, d'autres cabinets peuvent supposer que cette intervention doit produire précisément des effets tout contraires.

Avec l'établissement de la civilisation chrétienne, les chrétiens d'Orient reprennent leur dignité d'hommes, leurs droits deviennent égaux à ceux des mahométans. Quelle sera alors la position des trois millions de musulmans, qui n'ont leur raison d'être en Europe que leur titre de conquérants religieux, en présence de douze millions de

chrétiens émancipés, opprimés depuis tant
de siècles? Que deviendront alors la Turquie
et l'équilibre européen? Ces embarras de
l'avenir, prévus par bien des hommes politiques, devraient être d'un grand poids pour
que la transformation ne soit pas précipitée
avec trop de promptitude et de violence;
car la Russie, par sa proximité, par le rap-
prochement des religions, pourrait être appelée comme l'allié le plus proche et le
plus puissant. Si elle restait isolée, cet
appel réveillerait encore les canons endor-
mis; tandis que la bonne politique veut que
la transformation se fasse avec elle et non
pas pour elle.

On ne peut se le dissimuler, plus la guerre
se prolongera, plus les peuples d'Orient
pourront établir de comparaison entre la
civilisation turque et la civilisation chrétienne, plus la Turquie s'affaiblira, plus
rapidement elle sera entraînée vers sa ruine.
La ruine de l'empire ottoman, ce serait l'établissement d'un nouvel empire chrétien à

Constantinople. Est-ce donc là le but que veulent se hâter d'atteindre les partisans de la guerre?

Selon nous, si la guerre continue, la grande question d'Orient commencera violemment au moment où, par des concessions réciproques, on aurait cru la finir.

§. V.

Si nous cherchons les motifs que la France peut avoir de poursuivre la guerre, nous n'en trouvons aucun. L'Angleterre, qui a des intérêts particuliers à sauvegarder, est plus que nous portée à faire de cette guerre une question asiatique. — C'est un point de vue très-discutable. Mais encore, sous cette forme, la question reste personnelle entre elle et la Russie. La France et l'Allemagne n'ont point à s'en occuper.

La France ne peut non plus tirer aucun

avantage de la destruction de la marine
russe dans les mers du Nord, c'est-à-dire de
l'anéantissement maritime d'une puissance
avec laquelle elle a si longtemps entretenu
d'excellents rapports, pour donner la su-
prématie de ces mers, même à son alliée. —
Ce serait détruire l'équilibre pour lequel
elle a pris les armes.

— D'ailleurs, la ruine passagère des ressources maritimes de la Russie compenserait-
elle jamais le besoin que la France peut avoir
un jour des flottes de ce pays, pour repousser
quelques prétentions exorbitantes de toute
autre puissance menaçant l'équilibre européen et la paix du monde?

Il serait donc politique de s'en tenir aux
faits accomplis, de maintenir la question
dans son propre cercle, et d'écarter toutes
les considérations étrangères aux principes
généraux que la France a posés au début de
la guerre; à moins toutefois qu'il n'y eût
parti pris de chercher à rendre la paix impossible; mais les suites de cette résolution

seraient la destruction de l'Europe; et la
puissance qui prendrait une telle responsabilité verrait se dresser contre elle, tôt ou
tard, les colères de toutes les nations.

Serait-ce la Russie? Mais elle liguerait
contre elle aussitôt l'Allemagne tout entière,
et il n'y aurait qu'une voix en Europe pour
qu'un nouvel empire séparât la Russie des
grandes nations civilisées. Ce démembre-
ment mérité serait alors facile.

Seraient-ce les puissances occidentales?
Elles devraient songer alors à refaire les
frontières de chaque État; elles devraient,
sans l'Allemagne, et contre elle, reconsti-
tuer la Pologne et lui donner pour souverain tel ou tel prince à pourvoir d'une
couronne.

Ce serait la politique des fous et des am-
bitieux. Le gouvernement de l'Empereur ne
s'y laissera pas entraîner.

Il est vrai que nous pourrions faire le
plus grand mal à la Russie en continuant
sur ses côtes la guerre de destruction com-

mencée, en l'attaquant sur quelques points vulnérables ; mais l'envahissement de la Russie, son anéantissement, la reconstitution de nouveaux royaumes sans le concours des puissances qui en possèdent une partie des éléments, tous ces grands projets sont de grandes chimères qui ne doivent pas arrêter la pensée des hommes vraiment politiques.

Avant d'en venir à des luttes extrêmes qui auraient pour but des résultats impossibles, il serait important de bien calculer quels en seraient pour nous les avantages. Nous n'en voyons aucun.

Nous n'avons pas à nous occuper des raisons particulières qui pourraient engager les Anglais à vouloir porter des atteintes plus graves à la puissance de la Russie. Chez eux, la politique, toute commerciale, se poursuit de générations en générations. Chez nous, au contraire, elle se modifie selon les besoins de l'époque, afin d'être toujours à la hauteur des intérêts de la France. C'est cette mobi-

lité qui a longtemps fait l'effroi des hommes
positifs, mais c'est elle aussi qui nous a placés
à la tête des grandes puissances progressives.

La pensée des alliés n'est pas d'entrer dans
une entreprise aussi difficile que celle du remaniement de la carte de l'Europe. Rien ne
peut le faire supposer, et toutes les déclarations officielles suffisent pour nous rassu-
rer à cet égard.

La France, ballottée depuis soixante-dix
ans par tant de révolutions, est-elle, malgré
la force et la gloire de son gouvernement
actuel, dans une situation intérieure assez
assise pour ne pas être violemment ébran-
lée dans une lutte sans fin? Des vœux détes-
tables exprimés avec cynisme ne révèlent-ils
pas encore d'indignes espérances?

Pourrions-nous supposer que le gouvernement, heureux et fier de la haute position
qu'il a conquise par sa sagesse et par nos armes, voulût compromettre cette magnifique
situation, quand le monde entier lui rend
hommage? Évidemment, non.

S'il arrive très-souvent qu'on se trouve entraîné malgré soi, par la force des choses, bien au delà de ce qu'on a voulu, de ce que l'on veut, on regrette aussi toujours trop tard de n'avoir pas su s'arrêter à temps.

§ VI

Si donc il ne s'agit pas de sacrifier l'équilibre européen, la paix du monde et l'avenir de la civilisation à des intérêts secondaires ; si, au contraire, la France, fidèle à sa mission, ne veut que faire triompher la justice, le droit des gens, et rendre désormais impossible l'abus de la force et l'oppression du faible, qu'elle agisse modérément, chrétiennement ! qu'elle traite les ennemis que les circonstances lui ont donnés comme il convient à sa sagesse et à sa puissance.

N'est-il pas sage pour les alliés de s'en tenir à des conditions acceptables, quand de simples questions d'amour-propre sont en jeu ?

— Questions d'amour-propre pour les alliés.

— Questions d'honneur national pour la Russie!

Nous le répétons encore, la France n'a aucun intérêt à continuer la guerre. Ses valeureux soldats ont montré à l'Europe étonnée ce dont ils sont capables, et aucune puissance ne peut aujourd'hui se méprendre sur sa politique et sur l'état de ses ressources.

La Russie ne tentera plus de troubler la paix de l'Europe, elle est assez avertie par l'énergie de nos alliances, par la faiblesse des siennes, pour ne plus s'exposer aux durs mécomptes de ces deux dernières années.

La garantie de l'équilibre européen reste dans la France elle-même.

Cette situation est préférable à toute autre.

Quant aux considérations particulières à nos alliés, elles sont fort contestables dans leur intérêt même, et il existe en Angleterre deux partis opposés sur la manière d'envisager l'intérêt de la guerre actuelle. La France, du reste, n'a point à s'en occuper. Son intention n'est nullement de servir les intérêts politiques et commerciaux des Anglais, pas plus qu'ils ne consentiraient à servir les nôtres.

Le but commun est atteint; alliance intime dans les questions générales qui touchent à l'équilibre européen et à la paix du monde : chacun pour soi dans les questions de nation à nation.

Une alliance ainsi basée peut durer bien longtemps, elle doit faciliter le développement du progrès; il y a place pour tout le monde dans cette alliance, et la question de solidarité des gouvernements pour le maintien de la paix peut trouver un commencement de satisfaction dans les traités qui doivent sortir à la suite de cette crise.

Le terme heureux des négociations nous paraît certain.

Qui donc oserait, devant la satisfaction générale avec laquelle a été accueillie la bonne nouvelle, prendre la terrible responsabilité d'entraver par de mesquines discussions de détail le développement de la paix du monde?

Marquis DE LA ROCHEJAQUELEIN.

20 janvier 1856.

Paris. — Imprimerie de Mme Ve Dondey-Dupré, rue Saint-Louis, 46.

www.ingramcontent.com/pod-product-compliance
Ingram Content Group UK Ltd.
Pitfield, Milton Keynes, MK11 3LW, UK
UKHW020133080726
13614UKWH00005B/2214